용돈으로 배우는 경제 이야기

내 로봇 천 원에 팔아요!

용돈으로 배우는 경제 이야기

내 로봇 천 원에 팔아요!

초판 16쇄 펴낸날 2026년 2월 10일

글 김영미 **그림** 송효정 **기획·편집** 가수북
펴낸이 김동호 **펴낸곳** 키위북스 **편집장** 김태연 **편집** 김도연, 박주원
주소 경기도 고양시 일산동구 중앙로 1079, 522호
전화 031) 976-8235 **팩스** 0505) 976-8234
전자우편 kiwibooks7@gmail.com
출판등록 2010년 2월 8일 제2010-000016호

ⓒ김영미·송효정, 2015

ISBN 979-11-85173-09-2 14300
      978-89-964831-5-1 (세트)

처음부터 제대로 ⑨

용돈으로 배우는 경제 이야기

내 로봇 천 원에 팔아요!

글 김영미 그림 송효정

키위북스
KiwiBooks

경제를 알면 생활이 더욱 즐겁고 행복해져요

내가 좋아하는 치킨과 피자를 매일 먹을 수 있다면? 내가 좋아하는 게임을 하루 종일 할 수 있고, 내가 좋아하는 마법 카드를 모두 가질 수 있다면? 누구든 상상해 보았을 거예요. 내가 좋아하는 것을 모두 얻고 마음껏 누리는 꿈…….

하지만 안타깝게도 현실은 상상이나 꿈과는 달라요. 원하는 모든 것을 얻거나 마음껏 누리는 사람을 찾아보기 힘들거든요. 어린이뿐 아니라 어른들도 원하는 것을 모두 얻지는 못해요. 돈을 많이 버는 대기업 사장님도, 학교에서 제일 높은 어른인 교장 선생님도 마찬가지지요. 그래도 실망하지는 마세요. 우리에게는 부족한 현실을 극복할 수 있는 '지혜'가 있거든요.

사람들은 오랜 옛날부터 필요한 것을 어떻게 하면 얻을 수 있는지(생산), 얻은 것을 어떻게 나누면 좋은지(분배), 어떻게 사용하면 더 행복한지(소비) 등등에 대해 고민해 왔어요. 그리고 지혜로운 방법들을 찾아냈지요. 이것이 바로 '경제'랍니다.

우리의 일상생활은 모두 경제와 연결되어 있어요. 밥을 먹거나 공부하는 일은 물론이고, 심부름을 해서 용돈을 받거나, 용돈으로 마법 카드를 사거나, 마법 카드로 친구들과 함께 재미있게 노는 일도 경제의 한 부분이지요. 만약 여러분이 경제를 알게 된다면 더욱 즐겁고 행복한 생활을 할 수 있을 거예요. 어쩌면 이 책의 주인공처럼 행복한 꿈을 꾸게 될지도 모르지요.

아무쪼록 어린이 독자들이 이 책을 통해 작은 지혜를 얻을 수 있기를 바라며, 도움말을 주신 권용수 님께 사랑과 감사를 전합니다.

아줌마 작가 김영미

차례

두부 장수 아들 민수

해가 떠올라 온 세상이 환하게 밝아진 아침, 엄마는 이불을 걷고 찬이를 흔들어 깨웁니다.

"찬아, 얼른 일어나. 일어나서 두부 심부름 좀 해 주렴."

찬이는 고슴도치처럼 몸을 한껏 웅크립니다. 아침마다 달콤한 잠을 밀어내는 엄마의 목소리는 정말이지 원망스럽습니다. 찬이는 눈도 뜨지 않은 채 부루퉁한 목소리로 투덜거립니다.

"아이, 귀찮아. 두부는 왜 미리 사 두지 않는 거예요?"

엄마가 찬이 등을 부드럽게 토닥이며 말씀하십니다.

"아침에 참살이 아저씨가 파는 두부가 훨씬 더 맛있거든. 그러니 엄마 좀 거들어 주세요."

찬이는 이제 더 이상 투덜거릴 수 없습니다. 엄마가 찬이에게 존

댓말을 쓰신다는 것은 더 이상 떼나 변명을 들어주지 않겠다는 신호거든요. 찬이는 마지못해 일어나 엄마가 주신 돈을 들고 현관문을 나섭니다. 아파트 단지 마당으로 나가자 '참살이 두부'라는 팻말을 붙인 트럭이 보입니다.

"두부 한 모 주세요!"

찬이가 급한 듯 소리칩니다. 얼른 두부를 들고 돌아가 조금이라도 더 잤으면 좋겠습니다.

"어라, 찬이네? 너, 이 아파트에 사니?"

찬이의 눈이 부엉이처럼 커집니다. 까만 비닐봉지에 두부를 담아 건네는 이가 글쎄, 같은 반 친구 민수인 겁니다. 얼떨결에 두부를 건네받은 찬이는 갑자기 말문이 막힙니다. 생각지도 못했던 곳에서 민수를 만나고 보니, 뭐라 말을 해야 할지 모르겠습니다. 찬이가 머뭇거리며 서 있자 민수가 씩 웃으며 말합니다.

"천오백 원이야. 두부 값은 줘야지."

"아! 여기 있어."

찬이는 화들짝 놀라 천 원짜리 두 장을 건넵니다. 민수는 지폐를 받은 뒤 오백 원짜리 동전을 거슬러 줍니다. 그런 다음 '참살이 아저씨'의 등을 톡톡 친 뒤 찬이를 소개합니다.

"아빠, 같은 반 친구 찬이에요. 찬아, 우리 아빠야."

찬이가 꾸부정한 몸짓으로 인사합니다. 참살이 아저씨는, 아니 민수의 아버지는 호빵맨처럼 껄껄 웃으며 찬이의 머리를 쓰다듬어 주십니다.

"나중에 학교에서 보자."

찬이는 유쾌한 목소리로 손을 흔드는 민수를 뒤로 한 채 집으로 돌아옵니다. 매일 딸랑딸랑 종소리를 내며 아파트 단지 마당에 들어와 두부를 파는 참살이 아저씨가 민수의 아버지였다는 게 놀랍습니다. 게다가 민수가 아버지와 함께 두부를 팔고 있다니! 찬이는 세수를 하고 가방을 싸는 동안에도 여전히 얼떨떨한 기분입니다.

"찬아, 얼른 나와서 아침 먹어라."

식탁에는 김이 모락모락 나는 밥과 노릇노릇하게 지진 두부전, 보글보글 끓인 된장찌개가 놓여 있습니다. 찬이가 젓가락으로 두부전을 집으려다 말고 묻습니다.

"엄마, 참살이 아저씨는 두부를 만드는 사람이라면서 왜 두부를 팔러 다녀요?"

찬이 컵에 물을 따라 주시던 엄마가 고개를 갸우뚱하며 대답하십니다.

"아마도 직접 파는 게 더 이익이라 그런 것이 아닐까?"

두부전을 우물우물 씹던 아빠가 덧붙여 설명하십니다.

"참살이 아저씨처럼 상품을 만든 사람이 소비자에게 직접 판매하는 것을 직거래라고 해. 직거래를 하면 중간 상인을 거치지 않기 때문에 생산자와 소비자 모두 이익이지. 중간 상인은 생산자와 소비자 사이에서 상품을 대 주고 팔아서 이윤을 남기거든. 하지만 모든 상품을 두부처럼 직거래로 사고팔 수 있는 것은 아

니란다. 시장은 여러 가지 종류가 있어."

아, 언제나 그렇듯 아빠의 말씀이 점점 어려워집니다. 아빠는 찬이가 공부 잘하는 대학생 형쯤 되는 줄 아시는 모양입니다.

"다 먹었으면 그만 일어나 학교 가거라. 이러다 지각하겠다."

엄마의 재촉에 찬이가 집을 나서 학교로 향합니다. 찬이가 다니는 초등학교는 집에서 10분 거리에 있습니다. 아직은 시간이 좀

남았기 때문에 찬이는 느긋하게 걸어갑니다.

"찬아, 또 만났네?"

누군가 부르는 소리에 돌아보니 민수입니다. 매일 학교에서 만나던 친구인데, 왠지 쑥스러운 기분이 듭니다. 인사를 나눈 뒤 쭈뼛거리며 걷던 찬이가 민수에게 묻습니다.

"아침마다 아버지 따라다니는 거 힘들지 않아?"

"처음엔 좀 힘들었는데 지금은 괜찮아. 용돈도 벌 수 있어 오히려 좋은걸?"

"용돈을 번다고? 와, 너 대단하다!"

찬이가 존경스러운 듯 쳐다보자 민수가 어깨를 툭 치며 씩 웃습니다.

"별 거 아니야. 누구나 할 수 있는 건데 뭐."

"그래도…….."

"학교 늦겠다. 빨리 가자."

아이쿠, 너무 여유를 부렸나 봅니다. 벌써 교문 앞에는 호랑이 주임 선생님이 나와 계십니다. 찬이와 민수는 교문을 향해 달음박질을 합니다. 오늘은 왠지 좋은 일이 생길 것만 같습니다. 멋진 친구를 새롭게 알게 되었으니까요.

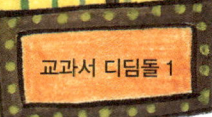

경제 활동이 활발하게 이루어지는 곳 '시장'

여러분은 학용품이나 과자, 장난감 등 필요한 물건을 어디서 얻나요? 부모님이 마련해 주신다고요? 그럼, 부모님은 그런 것들을 어디에서 얻으실까요? 그래요. 문구점이나 마트, 동네 슈퍼, 장난감 가게 같은 곳에서 사 오시지요. 이렇듯 사람들이 필요한 물건을 사고파는 곳을 통틀어 '시장'이라고 한답니다.

시장은 우리가 살아가는 데 없어서는 안 될 아주 중요한 곳이에요. 만약 시장이 없다면 아무리 좋은 물건을 만들어도, 땀 흘리며 열심히 농산물을 가꾸어도 내다 팔 수 없지요. 반대로 아무리 돈이 많아도 필요한 물건을 구할 수 없고요. 시장은 마치 사람 몸속에 있는 혈관처럼 사회 구석구석까지 필요한 물건이 전달되도록 돕는답니다.

그런데 시장은 한 가지 모습이 아니라 여러 가지 모습을 하고 있어요. 우리가 흔히 알고 있는 대형 마트나 백화점, 슈퍼마켓, 편의점, 문구점처럼 특정한 장소에 만들어진 것이 있는가 하면, 가게나 점포를 가지지 않고도 물건을 사고파는 시장이 있지요. 예를 들어 홈쇼핑이나 인터넷 쇼핑몰처럼 말이에요.

시장은 사고파는 물건에 따라서도 종류가 나뉘어요. 쌀이나 콩, 과일 등을 파는 농산물 시장, 생선이나 조개 등을 파는 수산물 시장, 쇠고기나 돼지고기 등을 파는 축산물 시장, 공장에서 만든 여러 가지 생활 용품을 파는 공산품 시장 등이 있어요. 물론 음식을 파는 식당이나 패스트푸드점, 레스토랑 등도 시장의 한 종류이지요.

물건이 아니라 서비스를 파는 곳도 있어요. 머리를 잘라 주거나 고불고불하게 파마를 해 주는 미용실, 아플 때 원인을 찾아 치료해 주는 병원, 재미있고 신나는 영화를 보여 주는 극장이 대표적이지요. 이런 곳들은 눈에는 보이지 않지만 사람들에게 필요한 기술이나 서비스를 파는 또 다른 시장이에요.

 알쏭달쏭 경제 용어 풀이

생산자 물건이나 여러 가지 서비스처럼 사람들에게 필요한 것을 만드는 사람.

소비자 물건이나 서비스를 사서 사용하는 사람.

엄마, 아빠!
저도 용돈 벌래요

"민수야, 게임하러 갈래?"

학교 수업이 끝난 뒤 찬이가 민수에게 조심스럽게 묻습니다.

"좋아!"

민수는 모범생이라 거절할지도 모른다고 생각했는데 예상과 달리 선뜻 따라나섭니다. 찬이는 그런 민수가 예전부터 친했던 것처럼 가깝게 느껴집니다. 문구점 앞에는 벌써 아이들이 게임기에 매달려 버튼을 두드리고 있습니다. 차례를 기다리던 두 사람도 게임기 앞에 앉아 신나게 게임을 즐깁니다. 한 게임, 두 게임, 세 게임…….

"너 게임 정말 잘하는구나?"

민수의 칭찬에 우쭐해진 찬이는 자신의 진짜 실력을 보여 주고

싶습니다. 찬이는 운이 좋은 날에는 6학년 형 못지않은 점수를 낼 정도로 '게임 지존'이거든요. 찬이는 한 게임 더 하기 위해 주머니를 뒤적거립니다. 그런데 이를 어쩌면 좋을까요? 주머니가 텅 비었습니다. 찬이가 아쉬움에 인상을 쓰자 민수가 자리에서 일어납니다.

"이제 그만하자."

"어? 너는 돈이 있는데 왜 그만둬?"

"돈을 다 쓰면 안 돼. 그리고 시간이 많이 지났어. 엄마가 기다리고 계실 거야."

생각해 보니 찬이 엄마도 지금쯤 찬이를 기다리고 계실 것 같습니다. 지난번에도 하굣길에 게임을 하다 집에 늦게 가는 바람에 꾸중을 들었습니다. 어쩔 수 없이 찬이도 일어섭니다.

"그래, 잘 가. 내일 보자."

게임기 버튼을 신나게 두드릴 때의 기운은 어디로 갔는지, 찬이는 어깨를 축 늘어뜨린 채 터덜터덜 집을 향해 걸어갑니다. 찬이는 민수가 부럽습니다. 게임을 하고도 용돈이 남았으니 부자처럼 느껴집니다. 하지만 서운한 마음도 듭니다. 만약 자신이 민수처럼 부자였다면 그깟 게임비쯤은 대신 내주었을 것입니다. 멋진 녀석인 줄 알았는데 사실은 쩨쩨한 구두쇠였나 봅니다.

"칫, 나도 아르바이트나 할까 보다."

찬이는 심통을 부리듯 돌멩이를 걷어차며 중얼거립니다. 찬이의 발에 차여 돌멩이가 데구르르 굴러갑니다. 바로 그때입니다. 찬이 머릿속에서 번쩍 하고 번개가 칩니다. 찬이는 가방을 고쳐 메고 백 미터 경주를 하듯 달리기 시작합니다.

집에 돌아온 찬이는 엄마가 잔소리를 하시기 전에 손을 씻고, 책상을 정돈하고, 숙제도 합니다. 엄마는 그런 찬이를 보며 "내일은 해가 서쪽에서 뜨겠네?" 하십니다. 저녁 식사를 마친 뒤 온 가족이 둘러앉아 과일을 먹는 시간, 찬이는 이순신 장군이 왜군을 맞아 싸우러 가기 전에 지었을 법한 표정으로 엄마와 아빠를 바라봅니다.

"엄마, 아빠! 저도 용돈 벌래요."

맛있게 과일을 드시던 찬이 엄마와 아빠는 눈을 동그랗게 뜬 채 영문을 몰라 하십니다. 찬이가 아르바이트를 할 테니 용돈을 많이 달라고 다시 설명하자, 엄마는 그예 웃음을 터뜨리십니다.

"이 녀석, 착해졌다 했더니 용돈 타내려는 꿍꿍이였구나?"

엄마 말씀에 찬이가 억울한 표정을 짓습니다.

"아이 참, 용돈을 그냥 달라는 게 아니고요. 아르바이트를 하겠다고요."

처음에는 듣는 둥 마는 둥 하시던 아빠가 물으십니다.

"어떤 아르바이트를 할 건데?"

"음, 아빠 구두도 닦고요, 엄마 심부름도 하고요, 제 방 청소도 할게요. 그러니 엄마 아빠는 제게 수고비를 주시면 돼요."

얼떨결에 나온 대답이지만 스스로도 참 좋은 계획이라는 생각에 찬이 입꼬리가 점점 올라갑니다. 내친 김에 찬이네가 키우는 강아지인 뽀삐의 똥도 치우고 아침마다 운동도 시키겠다고 이야기합니다. 하지만 엄마는 어림없다는 듯 눈을 흘기시고, 아빠는 여전히 말씀이 없으십니다. 찬이가 슬슬 불안해지려던 찰나, 아빠가 말문을 여셨습니다.

"좋다. 엄마 아빠를 도우면서 용돈을 벌어 보겠다는 마음이 대견해 수락하마. 하지만 이것도 엄연히 약속이니 계약서를 쓰자꾸나."

계약서는 사람들이 약속을 어기지 않도록 다짐하는 문서라고 합니다. 찬이와 찬이 부모님은 약속의 뜻으로 계약서에 이름을 써 넣습니다. '사인한다'는 게 실제로는 이런 것이랍니다.

찬이는 심부름과 집안일을 한 대가로 '어음'을 받는다. 엄마와 아빠는 일주일에 한 번 찬이의 어음을 실제 돈으로 바꾸어 준다.

계약서 내용을 읽어 보던 찬이가 "어음?" 하며 고개를 갸우뚱하자 아빠가 이렇게 설명하십니다.

"어음이란 돈을 주겠다고 약속하는 징표야. 돈처럼 사용할 수 있지. 물론 우리 집 안에서만 사용할 수 있어. 그러니 어음을 잘 모아 두었다가 일주일마다 실제 돈으로 바꾸어 쓰렴."

찬이는 제 방으로 돌아온 뒤에도 몇 번이고 계약서를 읽어 봅니다. 그러고는 저도 모르게 씨익 미소를 짓습니다.

"이제부터는 나도 용돈을 벌 수 있게 되었어!"

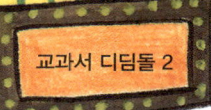

경제 활동의 기본이 되는 '돈' 이야기

사람이 살아가기 위해서는 참 많은 것이 필요해요. 옷이나 음식, 집은 물론이고 책과 학용품, 장난감, 과자 등등 많은 것이 있어야 하지요. 뿐만이 아니에요. 머리카락이 길어지면 단정하고 예쁘게 자르기도 해야 하고, 몸이 아플 때는 병원을 찾아 질병도 치료해야 해요. 그런데 이때 꼭 필요한 것이 있어요. 바로 '돈'이에요. 돈이 있어야 필요한 물건을 사거나 서비스를 받을 수 있으니까요. 그래서 사람들은 열심히 일해서 돈을 벌고, 돈과 물건을 바꾸는(교환) 식으로 원하는 것을 얻는답니다.

돈은 물건이나 서비스를 교환하는 도구일 뿐 아니라 '가치'를 나타내는 도구로도 쓰여요. 공부할 때 쓰는 공책, 운동할 때 타는 자전거, 맛 좋은 피자 한 조각의 가치를 알아보려면 어떻게 해야 할까요? 그것은 아주 간단해요. 공책이나 자전거, 피자 한 조각과 교환할 돈이 얼마인지를 보면 돼요. 직장을 구할 때 월급이 얼마인지 알아보거나 집을 살 때 가격을 알아보는 것도 모두 가치를 알아보기 위해서이지요.

또한 돈은 재산을 모으는 도구가 되기도 해요. 개미는 겨울을 나기 위해 먹을 것만 모으면 되지만, 사람은 그렇지 않아요. 음식은 너무 오래 보관하면 썩어 버리고, 옷은 너무 오래 되면 유행이 지나 촌스러워지니까요. 음식이나 옷을 모으는 것보다는 돈을 모으는 것이 훨씬 더 편리해요. 돈은 언제든 맛있는 음식이나 멋진 옷과 바꿀 수 있으니까요. 이 때문에 사람들은 열심히 저축하는 것이랍니다.

돈은 소중히 다뤄야 해요. 여러 사람이 돌려 가며 쓰는 공동의 것이기 때문이지요. 지폐를 찢거나 동전에 상처를 내는 등 돈을 함부로 사용하는 것은 법으로 금지되어 있어요. 그럼에도 불구하고 돈을 함부로 사용하는 사람들 때문에 나라에서는 해마다 많은 돈을, 새 돈 만드는 데 쓴다고 해요. 돈을 많이 쓰는 것도 주의해야 하지만 돈을 함부로 쓰는 것도 낭비라는 점을 꼭 기억해야 한답니다.

친구들에게 한턱 쏘다

따르르르.

자명종이 울리자마자 찬이가 이불을 박차고 일어납니다. 오늘은 드디어 어음을 교환하는 날! 찬이가 아르바이트를 해서 번 용돈을 처음으로 받는 날입니다. 찬이는 설레는 마음으로 일어나 침대 위의 이불을 정리하고 옷을 갈아입은 다음 양치질과 세수까지 서둘러 마칩니다. 그러고는 거실로 나가 뽀삐를 부릅니다.

"뽀삐야, 산책 가자."

하얀 몰티즈 강아지인 뽀삐가 귀를 쫑긋 세운 채 털을 날리며 뛰어나옵니다. 꼬리를 살랑살랑 흔드는 걸 보니 뽀삐도 무척이나 기다렸던 모양입니다. 찬이는 뽀삐에게 목줄을 채운 뒤 현관문을 나섭니다. 용돈을 벌기 위해 시작한 산책이지만, 뽀삐와 함께 이른 아침의 아파트 단지 마당을 걷다 보면 가슴이 상쾌해져 좋습니다.

아파트 단지를 한 바퀴 돌고 온 찬이는 신발장에서 아빠 구두를 꺼내 닦습니다. 이것도 일주일 동안 하루도 빠짐없이 해 온 일입니다. 구둣솔로 쓱싹쓱싹 문지른 뒤 입김을 '하아' 하고 불고는 면 수건으로 빙글빙글 원을 그리듯 닦으면 됩니다. 찬이는 구둣방 아저씨처럼 능숙하게 아빠 구두를 닦고는 손을 씻으러 갑니다. 뽀삐 산책 시키고 아빠 구두도 닦았으니 이제 남은 것은 단 하나!

"엄마, 두부 사 올까요?"

손에 뽀얀 비누 거품을 묻힌 찬이가 큰 소리로 엄마에게 묻습니다. 엄마는 "오늘은 다른 반찬을 준비했으니 안 사 와도 된다." 하십니다. 그렇다면 오늘 아침에 할 일은 모두 끝난 셈입니다. 찬이는 학교 갈 준비를 마친 뒤 책상 서랍에 고이 간직해 둔 어음을 들고 주방으로 갑니다. 식탁에는 벌써 아침상이 차려져 있고 아빠도 기다리십니다.

"오늘은 우리 찬이, 어음 교환하는 날이지?"

찬이는 쑥스러운 듯 웃으며 "네." 하고 대답합니다. 안 그러려고 해도 자꾸만 웃음이 실실 배어 나옵니다. 아빠는 찬이의 어음을 꼼꼼하게 세어 보신 뒤 돈을 내어 주십니다. 돈을 건네받은 찬이가 큰 소리로 외칩니다.

"와! 만 원짜리다."

찬이는 이렇게 큰 돈을 받아 본 적이 없어 마냥 신기합니다. 만원짜리 지폐에는 세종대왕의 근엄한 얼굴이 그려져 있고, 숫자 0이 네 개나 찍혀 있습니다.

"한꺼번에 다 써 버리지 말고, 아껴서 꼭 필요한 데 써야 한다!"

엄마의 걱정 섞인 잔소리를 듣는 둥 마는 둥 찬이는 지폐만 만지작거립니다. 식탁 위에 놓인 맛있는 꼬막 무침도, 소시지 볶음도 찬이의 관심을 끌지 못합니다. 찬이는 그저 한시라도 빨리 학교에 가 민수에게 자랑하고 싶습니다.

"엄마, 아빠. 저 학교 다녀올게요."

밥을 반 공기나 남긴 찬이가 책가방을 들고 뛰어나갑니다. 뒤에서 엄마가 부르는 소리가 들렸지만 들으나마나 마저 먹고 가라는 잔소리일 것입니다. 찬이가 도망치듯 달려 교실에 들어서자 친구들과 이야기를 나누고 있는 민수가 보입니다.

"민수야, 나 오늘 용돈 탔어."

찬이가 가쁜 숨을 몰아쉬며 말하자 민수가 환하게 웃으며 어깨를 두드립니다.

"그래? 축하해. 너도 아르바이트 세계에 들어온 걸 환영한다."

두 사람의 대화를 들은 친구들이 몰려듭니다. 어깨가 으쓱 올라간 찬이가 말합니다.

"용돈 탄 기념으로 내가 한턱 쏠까?"

'한턱 쏜다'는 말은 내가 남에게 먹을 것을 푸짐하게 사 줄 때 하는 말이라고 합니다. 찬이는 어른들이 쓰는 말까지 하게 되어 더욱 뿌듯합니다. 친구들이 환호성을 지르며 좋아하자 찬이도 우쭐한 기분에 약속을 지킵니다.

"여기, 떡볶이하고 어묵 주세요. 많이요."

방과 후 친구들과 함께 몰려간 분식집에서 찬이가 씩씩하게 주문합니다. 음식이 나오자 찬이와 친구들은 '누가 더 먹나' 내기라도 하듯 앞을 다투어 먹습니다. 새빨간 국물에 버무려진 떡볶이와

긴 꼬치에 꿰어진 어묵은 금세 동이 납니다.

"이젠 게임하러 가자."

찬이는 친구들과 함께 게임기 앞에 섭니다. 그러고는 친구들에게 동전을 나눠 줍니다. 친구들은 찬이에게 받은 동전을 게임기에 넣고 신나게 게임을 합니다.

"민수야, 너는 안 해?"

웬일인지 민수는 동전을 받지 않습니다. 찬이가 의아한 표정으로 민수를 쳐다봅니다.

"너, 이렇게 용돈 다 써도 돼? 지금 다 써 버리면 곤란할 텐데……."

민수가 걱정스럽게 말하자 찬이는 슬며시 자존심이 상합니다. 아마도 민수는 찬이가 자기처럼 쩨쩨한 구두쇠인 줄 아나 봅니다. 찬이는 호탕하게 웃으며 말합니다.

"걱정 마. 다음 주에 또 받을 텐데 뭐."

찬이는 민수를 등진 채 게임기 앞에 앉습니다. 그러고는 열심히 버튼을 두드립니다. 게임기 속 파이터들이 '퍽퍽' 소리를 내며 열심히 싸웁니다. 찬이는 마치 민수를 이긴 듯 기분이 좋아집니다. 하지만 민수의 얼굴에는 어두운 그늘이 집니다.

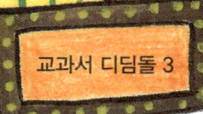

현명한 소비 생활의 원칙

배가 풍랑을 만나 부서지는 바람에 사람이 살지 않는 섬에 표류한 사람이 있었어요. 다행히 목숨은 건졌지만 앞으로 어떻게 살아야 할지 눈앞이 캄캄했지요. 섬에는 먹을 만한 것이 아무것도 없었거든요. 가진 것이라고는 배에서 가져온 비상 식량이 전부였지요. 배가 고팠던 그는 고민에 빠졌어요. 언제 죽을지 모르니 차라리 한꺼번에 다 먹어 버릴까? 아니면 구조선이 올 때까지 버틸 수 있도록 조금씩 아껴 먹을까? 결국 그는 배고픔을 참으며 조금씩 먹기로 했어요. 그리고 비상 식량이 거의 다 떨어질 무렵, 그는 구조되어 살아날 수 있었답니다.

이 사람이 살아날 수 있었던 비결은 무엇일까요? 그것은 바로 '현명한 소비 생활'을 했기 때문이에요. 만약 그가 앞날을 생각하지 않고 비상 식량을 다 먹어 치웠다면 구조선이 오기도 전에 굶어 죽었을 테지요. 하지만 그는 먹고 싶은 마음을 꾹 참고 식량을 조금씩 나누어 먹었기 때문에 구조선을 기다리는 시간을 벌 수 있었어요. 현명한 소비란 이처럼 욕심대로 행동하지 않고, 앞날을 생각하면서 계획적으로 먹거나 쓰는 것을 뜻한답니다.

물론 살다 보면 무언가 먹고 싶고, 가지고 싶고, 쓰고 싶어져요. 그것은 아주 자연스러운 일이랍니다. 하지만 그럴 때마다 모든 것을 산다면 금세 가난해지고 말 거예요. 정작 무언가가 꼭 필요할 때 돈이 없거나 부족해서 곤란해질 수도 있고요. 따라서 소비를 할 때는 소중한 돈이 함부로 낭비되는 일이 없도록 다음 세 가지의 원칙을 꼭 지켜야 해요. 첫째, 지금 사려는 물건이 꼭 필요한지 생각해 보세요. 혹시 친구들이 가지고 있어서 부러운 마음에 필요 없는 것을 사려는 것은 아닌지 돌아보는 거예요. 둘째, 지금 사려고 하는 물건이 정말 내가 원하는 것이 맞는지 알아보세요. 지금 사려고 하는 물건보다 나에게 더 필요한 것이 있을지도 모르니까요. 셋째, 값이 알맞은지 따져 보세요. 어쩌면 더 싸고 좋은 것이 있을지도 모르니까요.

알쏭달쏭 경제 용어 풀이

소비 생활에 필요한 여러 가지 것들을 사용하는 것. 물건(상품)은 물론 서비스를 이용하는 것도 포함된다.

소득 일을 한 뒤 대가를 얻은 모든 것. 돈이나 물건은 물론 즐거움과 같이 정신적인 이익도 포함된다.

수입 벌어들인 돈이나 물건.   **지출** 사용한 돈이나 물건.

우울한 빈털터리

　찬이는 우울합니다. 용돈을 다 써 버리고 빈털터리가 되었기 때문입니다. 아침에는 엄마에게 용돈을 미리 달라고 말씀 드렸다가 꾸중만 들었습니다.

　"용돈이 없어도 참고 견뎌야지. 그러기로 약속했잖아?"

　아빠는 엄마보다 더 냉정하게 말씀하셨습니다.

　"계약서대로 어음은 일주일에 한 번만 교환할 수 있다. 계약을 어기면 아르바이트도 끝이다."

　찬이는 괜히 아르바이트를 시작했다는 후회가 밀려듭니다. 기분이 우울하니 엄마 심부름도, 아빠 구두를 닦는 일도 귀찮고 재미없습니다. 아르바이트를 시작한 후로는 아침마다 엄마가 깨우시기도 전에 벌떡 일어났는데, 어제와 오늘은 눈꺼풀이 무거워 억

지로 일어나야 했습니다. 뽀삐를 데리고 산책을 나갔을 때도 쌀쌀해진 날씨 때문에 추워서 얼른 들어가고 싶다는 생각만 들었습니다. 아빠 구두는 닦고 또 닦아도 부옇기만 할 뿐, 반짝반짝 윤이 나질 않습니다.

"찬아, 게임하러 가자."

수업을 마친 후, 친구들 몇몇이 찬이를 불러 세웁니다. 찬이는 고개를 흔들며 말합니다.

"아니야. 난 할 일이 있어. 그냥 너희들끼리 가."

찬이는 돈이 없다고 말하면 너무 창피할 것 같아 그렇게 둘러댑니다. 친구들은 아쉽다는 표정을 내보이며 저희들끼리 멀어져 갑니다. 찬이는 속이 상해 눈물이 날 것 같습니다. 그렇다고 울 수는 없어 화풀이하듯 돌부리만 걷어찹니다.

"찬아, 두부 과자 먹을래?"

어느새 다가온 민수가 두부 과자를 내밉니다. 찬이는 시무룩한 표정으로 두부 과자를 받아먹습니다. 그런데 우물우물 씹어 보니 꽤 맛이 좋습니다.

"어디서 난 거야?"

"우리 아빠가 두부 공장을 하시잖아. 그래서 우리 집에는 두부 과자가 많아."

찬이는 부러운 듯 말합니다.

"넌 부자라서 좋겠다. 과자도 많고 용돈도 많고. 나는 거지처럼 가난한데……."

"아니야. 나는 세상에서 두부 과자가 제일 싫어. 너무 많이 먹어서 물렸거든. 그리고 네가 생각하는 것처럼 부자도 아니야."

찬이가 무슨 소리냐며 눈을 흘깁니다. 역시 민수는 쩨쩨한 구두쇠가 틀림없습니다. 그런 찬이를 보며 민수가 진지한 표정으로 말합니다.

"사실은…… 나도 너처럼 빈털터리였어. 용돈을 받자마자 다 써 버렸거든."

찬이는 민수의 고백에 화들짝 놀랍니다. 찬이가 못 믿겠다는 듯 눈동자를 굴리자 민수가 빙긋 웃으며 말합니다.

"처음 용돈을 받으니까 부자가 된 거 같더라고. 그래서 갖고 싶었던 마법 카드를 잔뜩 샀지. 아빠에게 야단맞고 속상해서 아르바이트도 그만두려다 더 크게 혼났어. 그 다음부터는 용돈을 아껴 쓰게 되었지."

민수는 자기 이야기를 진지하게 들어주는 찬이가 고마운지 아무에게도 말하지 않았던 비밀까지 털어놓습니다.

"나, 용돈 모으고 있어. 그걸로 천체망원경 살 거야."

"천체망원경?"

"달이나 별을 볼 수 있는 망원경은 아주 비싸대. 그래서 돈을 모아 사기로 했어. 시간은 많이 걸리겠지만 꼭 살 거야. 나는 호킹 박사처럼 우주 과학자가 될 거거든."

찬이가 고개를 끄덕입니다. 스티븐 호킹 박사라면 찬이도 책을 읽어 알고 있습니다. 장애를 가졌는데도 우주의 블랙홀에 대해 연구한 과학자이지요. 얼마 전 교내 창의력 선발대회에서 멋진 페트병 로켓을 만들어 은상을 받은 민수이니, 정말 호킹 박사 같은 과학자가 될 수 있을 것 같습니다. 찬이는 넋이 나간 듯 중얼거립니다.

"정말 멋진 계획이구나. 부럽다……."

멍한 표정의 찬이를 보며 민수가 어깨를 툭 칩니다.

"부럽긴, 너도 계획을 세우면 되잖아. 저금만 하면 누구나 할 수 있는 일인데 뭐."

찬이는 민수의 격려를 받으면서도 조금은 쓸쓸한 기분입니다. 민수는 일 년이나 용돈을 모았다는데, 자신은 지금 빈털터리 신세니까요. 친구들에게 한턱 쏜다며 써 버린 초록색 지폐가 눈앞에 아른거립니다. 이럴 줄 알았다면 돈을 다 쓰지 않고 조금이라도 남겨 두었을 텐데 말입니다. 찬이가 아쉬워하는 것을 눈치챘는지 민수가 눈을 찡끗하며 말합니다.

"용돈을 벌 수 있는 다른 방법이 있어. 너도 해 볼래?"

"정말? 어떤 방법인데?"

민수의 이야기에 찬이의 눈이 혜성처럼 밝게 빛났습니다.

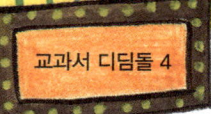

소비만큼 중요한 '저축' 이야기

　이솝 아저씨가 쓴 동화 〈개미와 베짱이〉를 알고 있지요? 더운 여름날에도 열심히 일하며 식량을 모은 개미는 먹을 것을 구하기 어려운 겨울날에도 배불리 지내고, 반대로 노래만 부르며 놀았던 베짱이는 배고픔과 추위 때문에 고생한다는 이야기지요. 이 동화는 우리에게 '저축'의 중요성을 알려 주고 있어요. 개미처럼 앞날을 생각하며 벌어들인 돈을 모아 두면 여러 가지 좋은 점이 있답니다.

　첫째, 예상하지 못했던 나쁜 일이 일어났을 때 모아 둔 돈을 요긴하게 사용할 수 있어요. 예를 들어 가족 중에 누군가가 질병에 걸렸거나 교통사고를 당했는데 치료비가 없다면 정말 속상할 거예요. 하지만 모아 둔 돈이 있다면 쉽게 어려움을 이겨 낼 수 있지요. 사람들은 이런 일을 대비해 보험에 들기도 해요. 보험도 저축의 하나라고 볼 수 있답니다.

　둘째, 앞으로 꼭 하고 싶은 일이 생겼을 때 도움이 될 수 있어요. 사람들은 누구나 지금보다 나중이 더 좋아지길 바라요. 지금은 없지만 나중에는 원하는 물건을 사고, 지금은 아니지만 나중에는 훌륭한 사람이 되길 바라지요. 또한 지금은 작은 집에 살지만 나중에는 크고 좋은 집에 살기 원하고, 지금은 못 하지만 나중에는 원하는 일을 하며 살기를 바라지요. 저축은 사람들의 소망과 꿈을 이루는 데 큰 도움을 주어요. 모아 둔 돈으로 자전거를 사고, 더 큰 집을 사고, 하고 싶은 공부를 하거나 더 좋은 직업을 가질 수도 있으니까요.

　셋째, 국민들이 너도 나도 저축을 하면 나라 경제를 튼튼하게 하는 데 도움이 돼요. 사람들은 대부분 돈을 모으기 위해 은행을 이용하는데, 은행은 사람들이 맡긴 돈을 기업에게 빌려주어요. 물론 돈을 빌려주는 대가로 이자를 받고요. 그러면 기업은 은행에서 빌린 돈으로 공장을 짓거나 상품을 만들어 내요. 상품을 팔아 돈을 번 뒤에는 은행에서 빌린 돈을 갚거나 더 많은 상품을 만들어 내지요. 기업이 상품을 잘 팔아서 발전하면 더 많은 노동자가 필요하기 때문에 일자리가 늘어나고, 일자리가 늘어나면 돈을 버는 사람이 그만큼 많아져서 나라 경제가 좋아져요.

알쏭달쏭 경제 용어 풀이

이자 돈을 빌려 쓴 대가로 내거나 받는 돈.

찬이와 민수의 일일 상점

　찬이는 벌써 한 시간째 제 방을 뒤지고 있습니다. 찬이의 방은 폭탄이라도 터진 양 엉망진창입니다. 장난감 상자는 하마처럼 입을 벌린 채 열려 있고, 그 옆에는 찬이가 초등학교 입학 전에 가지고 놀던 장난감들이 어지럽게 널려 있습니다.

　"찬아, 도대체 뭘 하려고 이렇게 어질러 놓은 거니?"

　엄마가 방 입구에 서서 물으십니다. 찬이는 책장 앞에서 그림책을 뒤적이다 말고 대답합니다.

　"벼룩시장에 내다 팔 것을 찾고 있어요."

　엄마는 어이없는 표정으로 웃으십니다. 하지만 이내 찬이 곁에 앉아 헌 물품을 함께 찾아 주십니다. 엄마가 도와주시니 물품 정리는 금세 끝납니다. 벼룩시장에 가져갈 물품들은 커다란 비닐 가

방에 따로 담고, 쓰레기로 버릴 것들은 엄마가 가져가십니다. 어지러웠던 방 안이 다시 말끔해지자 찬이는 잠자리에 들기로 합니다. 벼룩시장에 가려면 일찍 일어나야 하니까요.

다음날 아침, 찬이는 아빠의 도움을 받아 서둘러 벼룩시장으로 달려갑니다. 민수는 벌써 와 찬이를 기다리고 있습니다.

"어서 와. 사람들 되게 많지?"

찬이가 고개를 끄덕이며 벼룩시장을 둘러봅니다. 한 달에 한 번씩 학교 옆 공원에서 열리는 벼룩시장은 동네 사람들에게 인기가 많습니다. 헌것이긴 하지만 필요한 물품을 싸게 살 수 있기 때문입니다. 찬이처럼 장난감이나 학용품을 파는 사람도 있지만, 그 밖에도 벼룩시장에는 자전거, 운동 기구, 그릇, 옷 등 없는 게 없습니다.

"시장 끝에서 기다리고 있을 테니 어려운 일이 생기면 불러라."

아빠가 돗자리를 펴신 뒤 말씀하십니다.

"네, 고맙습니다. 하지만 우리 힘으로 할게요."

민수가 고개를 저으며 씩씩하게 대답합니다. 찬이도 문제없다며 엄지손가락을 세워 보입니다. 아빠가 너털웃음을 지으며 떠나신 뒤, 둘은 함께 돗자리 위에 가져온 물품들을 늘어놓습니다.

"얼른 가격표 만들자."

찬이와 민수는 매직펜을 들고 가격표를 만들기 시작합니다. 어떤 것은 천 원, 어떤 것은 오백 원, 또 어떤 것은 오천 원이라고 써 넣습니다. 원래는 훨씬 더 비싼 값을 주고 산 것이지만 찬이와 민수가 이미 사용한 헌것이니 싸게 팔아야 합니다.

"오세요, 오세요, 얼른 오세요. 싸고 좋은 물건 여기 다 있어요."

민수가 텔레비전 드라마에 나오는 사람처럼 목청을 돋워 외칩니다. 그 모습이 우스꽝스러워서 찬이는 배꼽을 잡고 웃습니다. 민수의 큰 소리 덕분일까요? 찬이와 민수의 일일 상점에 손님들이 기웃거리기 시작합니다. 그런데 참 이상한 일입니다. 손님들은 찬이가 가장 아끼던 로봇에는 관심이 없고 작은 신발이나, 저학년 노트, 참고서처럼 시시한 것들만 봅니다. 아이 몇 명이 로봇을 만지작거리기는 했지만 가격표를 흘끗 보더니 그냥 돌아서 버립니다.

"쳇, 저 로봇이 얼마나 좋은 건데……."

찬이가 투덜거리자 민수가 조심스럽게 말합니다.

"가격을 더 싸게 하는 게 어떨까?"

"저거 원래 엄청 비싼 거야. 절대 안 돼."

말은 그렇게 했지만 찬이는 민수 말대로 로봇 값을 내리기로 합니다. 찬이는 가격표의 '5'자에 줄을 죽죽 긋고 '1'자로 바꾼 뒤 다시 로봇 앞에 놓습니다.

"그 로봇 우리에게 줄래?"

고개를 들어 보니 한 아줌마가 손가락으로 로봇을 가리키고 있습니다. 아줌마 옆에는 아직 유치원에도 가지 못했을 꼬맹이가 손을 잡고 서 있습니다. 찬이는 얼떨결에 "네." 하고 대답을 하고는 로봇을 내밉니다. 아줌마는 천 원짜리 지폐 한 장을 찬이 손에 쥐여 주고는 돌아서 다른 상점으로 갑니다. 꼬맹이도 로봇을 가슴에 안고 방글방글 웃으며 따라갑니다.

"값을 내리자마자 바로 팔렸네?"

민수의 말에 찬이는 멋쩍은 듯 '헤헤' 웃습니다. 그래도 꼬맹이가 로봇을 좋아하는 것 같아 다행입니다. 벼룩시장에 나오지 않았다면 장난감 상자 속에서 먼지만 쓰고 있다가 버려졌을 텐데, 새 주인을 만났으니 로봇에게도 좋은 일일 것입니다.

시간이 흐르면서 벼룩시장에는 사람들의 발길이 뜸해집니다. 상점을 정리하고 떠나는 사람들도 늘어납니다.

"벼룩시장이 끝날 시간인가 봐. 우리도 이만 가자."

찬이와 민수는 남은 물품을 자루에 담고 돗자리를 말아 접습니다. 배에서는 아까부터 '꼬르륵' 소리가 요란합니다.

"우리, 용돈을 꽤 많이 벌었지?"

찬이가 두툼해진 지갑을 툭툭 치며 말합니다. 민수도 제 지갑을

툭툭 치며 웃습니다. 장사가 끝난 것을 어떻게 알았는지 아빠가
다가와 정리를 도와주십니다. 그런 다음 자루를 둘러메고 산타클
로스 할아버지처럼 말씀하십니다.

"우리 아들들이 고생했으니 아빠가 한턱 쏠까? 피자 어때?"

찬이와 민수는 눈을 마주 보다 한목소리로 대답합니다.

"네, 좋아요!"

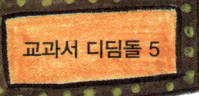

물건의 값은 누가 정하는 것일까요?

물건 값은 어떻게 알 수 있나요? 맞아요. 포장지에 붙은 가격표를 보면 알 수 있지요. 상품 포장지에는 '권장 소비자 가격'이라는 글자와 함께 숫자가 쓰여 있어요. 만약 물건을 사고 싶다면 포장지에 쓰인 만큼의 돈을 내야 하지요. 사람들이 내는 돈의 양이 곧 물건의 가격인 셈이에요. 그렇다면 이 상품의 가격은 누가 정하는 걸까요? 상품을 만든 사람 마음대로 정하는 걸까요?

가격은 상품을 만드는 사람이나 파는 사람은 물론 상품을 사는 사람도 함께 결정하는 거예요. 하지만 여러분은 이제껏 많은 상품을 사 왔음에도 불구하고 한 번도 가격을 결정해 보지 않았을 거예요. 상품을 사는 사람(소비자)은 가격을 정하는 일에 직접 참여하지 않거든요. 상품을 만드는 사람(생산자)과 파는 사람(유통업자)이 가격을 처음 결정하면 나중에 간접적으로 참여하지요. 좀 더 자세히 알아볼까요?

소비자가 가격을 결정하는 데 참여하는 과정은 다음과 같아요. 생산자는 상품을 만든 뒤 상품을 만드는 데 들어간 돈을 계산해서 가격을 정해요. 물론 상품을 만드는 데 들어간 돈보다 조금 더 비싼 가격으로 하지요. 그래야 이익을 남길 수 있으니까요. 다음에는 유통업자가 생산자로부터 상품을 받아 팔기 시작해요. 이때도 유통업자는 이익을 남기기 위해 조금 더 비싼 가격으로 팔지요. 이제는 소비자 차례예요. 소비자는 돈을 내고 상품을 사서 써요. 그런데 상품이 별로 좋지 않거나 더 싼 상품이 있는 경우 기분이 나빠져요. 그래서 다음부터는 절대로 그 상품을 사지 않지요. 그 상품은 점점 팔리지 않게 되고요. 상품이 팔리지 않으면 생산자와 유통업자 모두 돈을 벌 수 없기 때문에 고민에 빠져요. 결국 생산자와 유통업자는 이익을 조금씩 줄이고 상품 가격을 내리지요.

물론 다른 이유로 인해 가격이 결정되기도 해요. 마치 운동 선수가 경기에서 겨루듯 생산자나 유통업자들이 심하게 경쟁하면 가격이 점점 싸지거든요. 상품의 가격을 깎아서라도 경쟁에서 이기려고 하는 것이지요. 소비자에게는 기업이나 상점이 서로 경쟁하는 것이 이익이에요. 더 싼 값에, 더 좋은 서비스를 받으며 상품을 구할 수 있으니까요.

통, 통장을 만든다고요?

오늘도 자명종이 시끄럽게 울어 댑니다. 아침이 밝았다는 뜻입니다. 아침 일찍 일어나는 것은 아직도 제일 힘든 일이지만, 찬이는 게으름 피우지 않고 벌떡 일어나 이불을 정리합니다. 그런 다음 여느 날과 똑같이 집안일을 도우며 하루를 시작합니다. 아침에 할 일을 모두 마친 찬이가 손뼉을 짝짝 치며 외칩니다.

"엄마, 아침밥 주세요!"

온 가족이 둘러앉은 식탁에서 아빠가 찬이에게 어음을 건넵니다. 찬이는 얼굴 가득 미소를 지으며 어음을 받습니다. 찬이의 싱글벙글 웃음을 보며 아빠가 묻습니다.

"그동안 용돈은 많이 모았니?"

찬이는 자랑스러운 듯 씨익 웃으며 고개를 끄덕입니다.

"우리 찬이가 얼마나 대견한지 몰라요. 방과 후에도 제 방 정리며, 심부름이며 뭐든 척척 한다니까요. 일주일 만에 용돈 다 써 버렸을 때는 약속도 지키지 않을 줄 알았는데……. 알고 보니 우리 찬이가 쓰러져도 벌떡 일어나는 오뚝이를 닮았지 뭐예요."

엄마의 칭찬에 찬이는 얼굴을 붉히며 '헤헤' 웃습니다.

"찬아, 모은 용돈을 보관해 둘 통장을 만드는 게 어떠니?"

아빠의 말씀에 찬이가 되묻습니다.

"통, 통장을 만든다고요?"

"그래, 은행에 너의 저금통을 만드는 것이지. 돼지 저금통에 돈을 넣어 두면 시간이 지나도 그대로이지만, 은행 저금통에 네 돈을 넣어 두면 덤으로 이자라는 돈이 생긴단다."

아빠의 설명에 찬이의 귀가 번쩍 뜨입니다. 엄마가 가지고 계신 은행 통장을 본 적이 있습니다. 찬이 부모님은 매월 저금을 하는데, 얼마나 저금했는지 기록해 두는 것이 통장이라고 했습니다. 찬이 같은 어린이가 통장을 만들 수 있다는 것도 놀라운데 돈까지 준다니 더 놀랍습니다. 찬이가 고개를 갸우뚱하며 아빠에게 묻습니다.

"저에게 왜 이자를 줘요?

"은행에서는 찬이처럼 저금한 사람들의 돈을 다른 사람들이나 기업에게 빌려주는데, 빌려주는 대가로 이자를 받거든. 그렇게 받은 이자의 일부를 저금한 사람에게 주는 거야."

찬이는 눈동자를 굴려 가며 아빠의 설명을 곱씹어 봅니다. 오늘따라 아빠의 설명이 귀에 쏙쏙 들어오는 것 같습니다.

"오늘은 학원에 가지 않는 날이니 방과 후에 엄마와 함께 은행에 가자. 어린이는 보호자가 함께 가야 통장을 만들어 주거든."

엄마 말씀에 찬이는 다시금 큰 소리로 "네!" 하고 대답합니다.

"얼른 아침 먹자. 이러다 찬이도 아빠도 모두 지각하겠어요."

찬이는 서둘러 아침을 먹고 학교로 갑니다. 오늘은 체육 수업이 있는 날이라 점퍼 속에 병아리 색깔의 체육복을 입고 갑니다. 체육관에서 구르고 뛰면서 땀 흘린 뒤 이어진 국어 시간. 평소 같으면 꾸벅꾸벅 졸음이 밀려올 텐데, 찬이는 토끼처럼 말똥말똥 눈을 뜬 채 수업에 열중합니다.

"아이, 졸려. 찬아, 너는 안 졸려?"

쉬는 시간에 옆자리 짝꿍인 서윤이가 하품을 하며 묻습니다. 찬이는 싱긋 웃으며 고개를 젓습니다. 방과 후에 엄마와 함께 통장을 만들기 위해 은행에 갈 생각을 하니 하나도 졸리지 않습니다. 어서 빨리 수업이 끝났으면 좋겠습니다. 서윤이는 이상하다며 고개를 갸웃하더니 다시 한 번 늘어지게 하품을 합니다.

이윽고 학교 수업이 모두 끝났습니다. 담임 선생님의 종례 말씀이 끝나자마자 찬이는 부리나케 책가방을 쌉니다.

"찬아, 축구하러 가자. 2반 애들과 시합하기로 했어."

축구 선수가 꿈인 수영이가 축구공을 퉁퉁 튕기며 다가옵니다.

"안 돼. 오늘은 중요한 일이 있어서 집에 일찍 가야 해."

찬이가 거절하자 수영이가 아쉬운 표정으로 돌아섭니다.

"찬아, 새로운 마법 카드가 나왔대. 문구점에 가 보자."

유치원 친구인 민이가 묻자, 찬이는 이번에도 고개를 흔듭니다.

"안 돼. 엄마가 집에서 기다리고 계시거든."

친구들 제안을 번번이 거절하는 찬이를 보고 민수가 묻습니다.

"찬아, 무슨 일 있어? 왜 그렇게 바쁜 거야?"

민수 목소리를 듣고 돌아선 찬이가 반가운 표정을 짓습니다. 민수는 찬이에게 처음으로 용돈 버는 법을 알려 주고, 용돈을 함부로 쓰면 안 된다는 충고도 해 주었습니다. 그뿐이 아닙니다. 용돈을 모아 꿈을 이루는 방법까지 알려 준 친구입니다. 오늘 통장을 만들게 된 것도 따지고 보면 민수 덕분인 것입니다. 찬이는 다정하게 웃으며 말합니다.

"응, 나 오늘 은행에서 내 통장 만들기로 했거든."

우리 사회에서 금융 기관이 하는 일

　금융 기관은 사람들에게 돈을 빌려주거나 보관해 주는 일을 하는 곳이에요. 집이나 큰 길 주변에서 'ㅇㅇ 은행'이나 'ㅇㅇ 증권'이라는 간판을 본 적이 있지요? 그곳이 바로 금융 기관이랍니다. 사람들은 금융 기관에 '예금 계좌'라고 부르는 저금통을 만든 다음 돈을 저축해요. 반대로 돈이 필요할 때는 빌려 쓰기도 하고요. 단, 돈을 빌릴 때는 빌리는 대가로 '이자'라고 부르는 돈을 내야 한답니다. 금융 기관은 사람들이 맡긴 돈을 다시 다른 사람에게 빌려주는데, 이때 받은 이자의 일부를 돈을 맡긴 사람에게 나누어 주어요. 그래서 돈을 맡긴 사람도 이자를 받아 더 큰 돈을 만들 수 있지요.

　금융 기관은 사람뿐 아니라 기업에게도 돈을 빌려주어요. 기업은 이자를 내고 돈을 빌려 생산 활동에 필요한 여러 가지 시설을 마련해요. 그런 다음 질 좋은 상품을 만들어 돈을 벌고, 다시 금융 기관에 빌린 돈을 갚지요. 결국 금융 기관은 돈이 필요한 사람이나 기업에게 돈을 빌려줄 수 있는 사람을 연결해 주는 정거장 같은 곳이랍니다.

　금융 기관에는 여러 가지 종류가 있어요. 그중에서 대표적인 곳으로 은행과 보험 회사, 증권 회사 등을 꼽을 수 있지요. 돈을 보관해 주거나 빌려주는 일을 주로 하는 곳은 은행이에요. 보험 회사는 사람들이 낸 돈을 보관해 두었다가 갑자기 돈이 필요한 일이 생겼을 때 도와주는 곳이지요. 예를 들어 교통사고가 나거나 불이 났을 때, 혹은 큰 병에 걸렸을 때 보험 회사는 평소에 모아 둔 돈을 내어 주어요. 그런가 하면 증권 회사는 기업의 주식을 사고파는 곳이에요. 사람들은 주식을 사는 대가로 기업에 돈을 주고, 기업이 상품을 팔아 이익을 내면 그 이익의 일부를 나누어 받지요.

알쏭달쏭 경제 용어 풀이

주식 주식회사의 돈(자본)을 구성하는 단위를 말한다. 주식회사는 주식을 발행해서 여러 사람으로부터 돈(자본)을 모아 상품을 생산한다.

꿈을 적는 수첩

"권찬 님, 통장 개설을 축하합니다."

은행 직원 누나의 상냥한 인사에 찬이의 얼굴이 빨갛게 물듭니다. '권찬 님'이라고 불러 주니 마치 어른이 된 기분입니다. 찬이는 쑥스러운 표정을 지으며 통장을 받아 듭니다.

"앞으로도 열심히 저축하세요."

은행 직원 누나는 얼굴만큼 목소리도 참 곱습니다. 어린이인 찬이에게 꼬박꼬박 존댓말도 해 줍니다. 찬이는 하늘에 둥둥 떠다니는 구름 마차라도 탄 기분입니다.

엄마가 은행 직원 누나와 상담을 하는 동안 찬이는 통장을 만지작거립니다. 정말로 이 속에 그동안 모은 찬이의 용돈이 들어 있을까요? 찬이는 조심스럽게 통장의 첫 장을 넘깁니다. '권찬'이라는

이름 아래에 다섯 개의 숫자가 적혀 있습니다. 그동안 모은 용돈과 벼룩시장에서 번 돈, 할머니가 주신 특별 용돈이 숫자로 찍혀 있는 것입니다. 찬이는 가슴이 뻐근하고 등이 간질간질합니다. 돼지 저금통에게는 미안하지만 은행 통장이 훨씬 더 근사해 보입니다.

"고맙습니다. 우리 찬이 은행에 오면 꼭 인사해 주세요."

엄마가 은행 직원 누나에게 인사를 합니다. 이제 집에 돌아갈 시간인가 봅니다. 찬이가 통장을 주머니에 넣으려던 순간, 은행 직원 누나가 말합니다.

"그럼요, 잘생긴 미남 고객님인데요. 권찬 님, 자주 오세요."

찬이는 화다닥 놀라 고개를 숙여 인사하고는 재빨리 돌아섭니다. 찬이더러 잘생긴 미남 고객님이라고 하니 부끄러워 쥐구멍에라도 숨고 싶은 마음입니다. 귀뿌리까지 빨개진 찬이가 엄마의 손을 잡아끌며 나갑니다. 엄마는 깔깔 웃으며 따라 나오십니다.

"아유, 이 녀석이 부끄러워하기는!"

은행을 나와 집으로 돌아가는 길에 찬이의 손을 꼭 잡은 엄마가 묻습니다.

"찬이는 용돈 모아서 뭐 하고 싶니?"

찬이는 장난꾸러기처럼 씨익 웃습니다.

"비밀이에요."

찬이의 대답을 들은 엄마는 조금 짓궂은 표정이 됩니다.

"용돈 많이 모으면 엄마 맛있는 것도 사 줄 거지?"

찬이는 거만한 표정으로 대답합니다.

"글쎄요?"

엄마가 섭섭한 표정으로 눈을 흘기자 찬이는 머리를 긁적입니다. 그러다 엄마 손을 놓고 후다닥 달아납니다.

"엄마, 저 먼저 집에 가 있을게요. 천천히 오세요."

찬이는 한달음에 뛰어 집으로 돌아옵니다. 현관문을 열자마자 뽀삐가 폴짝폴짝 뛰며 반깁니다. 찬이는 뽀삐 머리를 쓱쓱 쓰다듬으며 말합니다.

"미안하지만 조금 있다가 놀아 줄게. 형이 좀 바쁘거든."

찬이는 신발을 벗자마자 제 방으로 들어가 문을 꼭 닫습니다. 그러고는 책상 맨 아래 서랍을 열고 보물함을 꺼냅니다. 보물함에는 마법 카드와 야광 요요 등 찬이가 아끼는 보물들이 들어 있습니다. 찬이는 주머니에서 통장을 꺼내 보물함에 넣습니다.

'이제부터는 통장이 내 보물 1호야.'

찬이는 책장에서 수첩 한 권을 꺼낸 뒤 보라색 매직펜을 꼭 쥐고 글씨를 씁니다.

꿈

이 수첩은 찬이의 꿈을 저금할 두 번째 통장입니다. 글씨가 바르지 않고 조금 삐뚤어졌지만 그래도 제법 멋져 보입니다. 찬이는 첫 장을 넘긴 뒤 연이어 글씨를 씁니다.

엄마 맛있는 것 사 드리기

찬이가 쿡쿡 웃습니다. 집에 오는 길에 눈 흘기던 엄마 얼굴이 생각났기 때문입니다. 찬이가 꿈 통장에 엄마의 소원을 가장 먼저 적었다는 것을 아시면 엄마가 참 좋아하시겠지요? 하지만 찬이는 엄마에게 계속 비밀로 할 생각입니다. 깜짝 선물을 드릴 예정이니까요. 찬이는 수첩도 보물함에 넣습니다. 보물함 뚜껑을 닫은 뒤엔 뽀삐에게 하듯 손으로 쓰다듬기도 합니다.

이제 바쁜 일은 모두 마쳤습니다. 찬이는 보물함을 책상 서랍에 넣은 뒤 씩씩하게 일어납니다. 그런 다음 방문을 활짝 열고 큰 소리로 외칩니다.

"뽀삐야, 형이랑 목욕하자!"

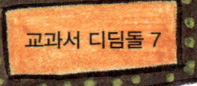

나라가 부자인지 아닌지를 알아보는 '국민소득'

어떤 사람이 부자인지 아닌지는 어떻게 알 수 있을까요? 그 사람이 돈을 얼마나 벌고, 얼마나 가지고 있는지 알아보면 된다고요? 맞아요. 돈을 많이 벌면 그만큼 부자일 가능성이 크지요. 그렇다면 어떤 나라가 부자인지 아닌지는 어떻게 알 수 있을까요?

먼저 '국민소득'이 얼마나 되는지 계산해 봐야 해요. 국민소득이란 게 뭐냐고요? 국민소득이란 국민들이 일정 기간(보통 일 년) 동안 벌어들인 돈을 뜻해요. 국민들이 돈을 많이 벌면 그만큼 나라도 부자가 되는 것이지요.

개미처럼 부지런히 일하면 가난한 사람도 부자가 될 수 있는 것처럼 가난한 나라도 열심히 노력하면 부자 나라가 될 수 있어요. 국민소득이 늘어나는 것을 '경제 성장'이라고 하는데, 모든 나라들이 경제 성장을 위해 열심히 노력하고 있지요. 우리나라도 1960년대까지는 못사는 나라에 속했어요. 너무 가난해서 부자 나라로부터 먹을 것과 입을 것을 얻어 쓰기도 했지요. 하지만 국민들이 열심히 일하며 노력한 결과, 우리나라는 세계가 깜짝 놀랄 정도로 경제가 성장했어요.

그런데 여기서 잠깐! 꼭 알아두어야 할 것이 있어요. 국민소득이 커진다고 해서 국민들이 모두 행복한 것은 아니라는 점이에요. 가난해도 행복한 사람이 있고 부자라도 불행한 사람이 있는 것처럼요. 실제로 세계에서 가장 가난한 나라 중 하나로 손꼽히는 부탄은 행복하다고 생각하는 국민들이 많다고 해요. 반면 선진국이라고 불리는 부자 나라 중에는 불행하다고 느껴 자살하는 국민들이 많은 나라도 있지요. 국민소득이 높은 만큼 국민 행복 지수가 높아진다면 그런 나라가 진짜 부자 나라일 거예요.